AF233274

43
Lb 129.

L'ANNÉE CONSULAIRE.

> *Jam fides, et pax, et honor, pudorque*
> *Priscus, et neglecta redire virtus*
> *Audet, apparetque beata pleno*
> *Copia cornu.*
>
> HORAT. Carm. sec.

Ce n'est point la génération actuelle qui écrira l'histoire de la révolution : mais les notes historiques, mais les monumens des faits, mais les mémoires particuliers, cette génération les doit à la postérité qui commence, à cette postérité vivante qui achevera notre ouvrage, et dont nous devons éclairer la destinée après l'avoir faite.

Il y a un an seulement que le général *Bonaparte*, arrivant d'Égypte, prit la balance des événemens et réunit le vœu national.

Mon objet, en rappelant cette époque, n'est point l'inutile condamnation du passé, n'est point un éloge intéressé du présent ; mais après tant de plaintes, tant de sujets d'inquiétude et de chagrins, il est doux de se féliciter d'un état meilleur, et de voir germer l'espérance.

Une importante leçon nous est donnée par un seul regard en arrière ; et nous connaissons à quels dangers expose un Gouvernement livré à la médiocrité, aux petits esprits, aux petites passions, à la soif d'un gain personnel et gradué.

Dans le résultat nécessaire et prochain d'un pareil Gouvernement, quelques esprits ont cru voir un plan suivi, une trahison à laquelle la raison se refuse ; mais en supposant, à cet égard, les plus funestes intentions, les moyens employés pour le succès rendent la leçon plus frappante encore.

Le Gouvernement directorial est mort de bêtise ; et la mémoire de chaque observateur dispense, au moins pour le moment, du récit d'anecdotes et de l'étude des monumens publics qui démontrent cette vérité.

La victoire errante sur nos frontières s'attachait au corps politique en dépit de lui-même. Une sorte d'indignation de la force contre la faiblesse, de l'énergie contre la peur, était le caractère de l'esprit public. Jamais le principe de la raison universelle ne s'était développé avec plus d'unité dans les ames.

Chacun, avec le sentiment de soi-même, mesurait la mal-habile dérivation des pilotes.

On ne peut avec certitude deviner ce qu'eût amené une lutte de chefs sans partis, de factions sans sectateurs, heureusement prévenue par le débarquement de Fréjus.

Le pillage, le dénuement, la disette factice, l'insouciance, l'ineptie, neutralisaient l'abondance réelle, étouffaient le patriotisme et les talens.

Il semblait que chacun réservât son dévouement et ses lumières ; et ceux que les circonstances avaient surpris à leur poste, élevaient autant de fanaux sur la route du hardi et desiré navigateur.

Bonaparte arrive, et chacun crut réalisée la chimère de *bien public*.

On lui connaissait un esprit d'une rare justesse, l'absence des passions, des ressentimens, des préjugés dont l'influence avait gâté de brillans caractères; et chacun lui donna, du fond de l'ame, et son suffrage, et, si je puis parler ainsi, sa procuration patriotique.

Jamais assentiment ne fut plus subit, plus complet.

Les détails du 18 brumaire ne sont pas de mon sujet. *Bonaparte* eut la sagacité de juger les circonstances, la gloire de servir sa destinée.

Et sa résolution, concentrée entre quelques hommes d'un caractère solide et franc, d'un enthousiasme raisonné, et doués de lumières et de moyens, fit éclore, en très-peu de jours, l'arrêté préparatoire et décisif qui fit taire toutes les factions, et prouva qu'on n'en redoutait aucune.

Un an ne s'est pas encore écoulé, et le Gouvernement a pris une forme respectable.

Longtemps noyée dans un déluge de lois, la France laisse enfin un peu de repos à ces semences diverses pour juger chacune sur ses fruits.

Un Corps législatif en permanence ne pouvait qu'effrayer l'imagination. L'obligation de créer toujours exige presque un changement périodique; et l'esprit divers de chaque représentation devait, chaque année, surprendre, enlever un décret, une institution conforme aux intérêts de tel ou tel ambitieux.

Les Conseils proposant, décrétant, improvisant éternellement la loi, ont disparu pour faire place au Corps établi, pendant quatre mois, pour la juger.

Il fallait arracher aux démagogues le levier puissant que la France, hérissée de clubs politiques, mettait dans leurs mains ; et cependant, conserver dans toute sa pureté, dans toute son énergie, cette salutaire, généreuse, et sur-tout bienveillante opposition qui veut l'ordre avec la liberté, et le Tribunat a été créé ; asile ouvert aux réclamations contre l'erreur et l'injustice ; par cela même, écueil et fléau de la délation sourde et de la déclamation séditieuse ; censeur impartial, approbateur désintéressé, le Tribunat doit éclairer toujours sans jamais incendier.

Enfin, le Sénat, appelé à la grande opération des choix, doit essentiellement prévenir ces nominations routinières où chacun devait parvenir *à son tour*, où les électeurs alternatifs de presque tous les cantons devaient présenter d'une année sur l'autre la plus dangereuse médiocrité.

Assurément aucun des corps constitués n'est encore au point convenable, et n'entre point encore dans l'ensemble des idées qui en ont formé la combinaison : mais ils peuvent, mais ils doivent y arriver ; mais ils doivent être bien convaincus que la Nation ne supporte plus que ses chefs ou ses représentans aient moins d'esprit qu'elle.

Mais ces êtres abstraits, ces conceptions métaphysiques, sont au Gouvernement d'un grand empire comme l'algèbre à la géométrie : ils lui proposent des formules. *Formuler* toujours, et n'appliquer jamais, ne serait qu'un amusement d'esprit. Il fallait un centre d'impulsion au mouvement, et un génie actif et agissant au milieu des rouages et de la machine, comme il faut une ame à la vie, des yeux, des sensations au corps ; et après dix ans d'infructueux essais et de timides tâtonnemens, on a osé créer un *premier* Consul.

D'autres l'ont déjà dit, le Gouvernement ne saurait être entièrement indépendant de ceux qui gouvernent ; mais si, sous ce rapport, le nôtre pouvait paraître précaire, ce serait parce qu'un héros n'a d'immortel que l'ame, et ne dérobe au temps que son nom.

Bonaparte chérit la gloire dans ceux qu'elle favorise ; et c'est entre eux qu'il lui convient de resplendir : devant lui les talens ont cessé de redouter leur propre éclat.

L'étonnante campagne de l'an 8 les a tous signalés dans les plus favorables circonstances.

Le général *Bonaparte* a des élèves, des émules ; mais devant les Français, il n'a point, il n'aura jamais de rivaux. La France voulut pour Consul l'homme d'un génie universel ; elle l'a voulu avant les trophées de Maringo ; et *Moreau* le choisirait après sa campagne du Danube.

Masséna achevait de recouvrer l'Helvétie ; mais la

terrible campagne de l'an 7 n'avait pu disputer au Directoire que l'entrée de l'Italie.

L'Angleterre armait ; le Russe combattait.

L'Italie semblait soulevée ; l'Autriche s'était relevée.

L'année n'est pas révolue, et le duc *d'Yorck* a posé les armes. Le Russe étonné, tourne avec autant de franchise et plus de lumières ses efforts contre la dévorante Angleterre. L'Espagne a resserré ses liens. L'armée de réserve, prodige du sol français, fécondée par un grand homme, est née pour surprendre et pour vaincre.

Ce fut par un travail assidu, bien dirigé, que de si précieuses semences se préparèrent. *Bonaparte,* en personne, a rédigé les ordres, les mouvemens. Il a tout calculé, tout équipé ; et l'armée qu'il trouva dans la disette, fut bientôt pourvue de tout, et peu-à-peu remise au courant.

On aurait peine à se figurer aujourd'hui quelle était à cette époque la détresse du trésor public, épuisé de *désordre* plus encore que de *brigandage.* L'arriéré de près d'une année décourageait presque toutes les branches d'administration ; l'abominable emprunt forcé se dévorait d'avance ; on vivait au jour le jour sur l'octroi de Paris. Des courriers ne pouvaient être expédiés, des généraux ne pouvaient joindre, faute de frais de voyage que le trésor public ne pouvait fournir, et que le Gouvernement *empruntait* aux fonds destinés pour les dépenses secrètes de la police.

Il faut, certes, du temps pour remédier à de si

grands désordres. Aussi un génie créateur rêve sans cesse à ce grand objet, aux finances, sans lesquelles tout édifice politique croule. Tous les détails ne peuvent se surveiller à la fois : mais les bases se posent. Le courant se laisse apercevoir ; les dépenses administratives se simplifient ; l'économie est devenue principe ; et, sans aucun moyen violent, sans emprunts, l'État a suffi à l'extraordinaire, pendant que la restauration de la marine s'opère en silence, et que de nouveaux efforts, des préparatifs formidables, devancent à Lunéville les argumens du plénipotentiaire.

Le congrès va s'ouvrir ; mais n'oublions pas que ce n'est qu'au prix de ses places que l'Autriche a obtenu l'armistice. C'est chez nous que l'Autrichien vient proposer la paix ; mais enfin, si la modération du Consul est encore méconnue, nos armées sont dans le centre de l'Allemagne, et deux batailles les conduisent sous les murs de Vienne.

Quelle attitude a pris la France !

Dans l'intérieur, l'espoir et l'orgueil national ont reparu. La Vendée, que l'on faisait si formidable, s'est pacifiée avec franchise. Des enlèvemens d'argent, une rançon imposée, attestent, à la vérité, l'existence des brigands qui ont suivi les armées ; mais ils témoignent, en même temps, que *l'esprit vendéen* n'est plus.

La guerre de la Vendée n'a plus rien été au moment où elle a cessé d'être une franche et

4

vigoureuse résistance à une oppression quelconque. Libres aujourd'hui dans leurs consciences, à l'abri de toute vexation politique, les citoyens de ces départemens ont tout obtenu.

L'or étranger peut payer un crime et acheter les troupes d'une puissance, mais ne peut alimenter une guerre civile motivée.

Le royalisme n'est une affaire de *sentiment* pour personne ; il est un *moyen* pour tous ceux qui y attachent des idées toutes personnelles ; et quand la grande part des biens qu'on s'en promet *est arrivée sans lui*, le royalisme est anéanti.

L'espoir de la justice a fait rentrer bien vîte les victimes de l'émigration.

L'espoir de l'oubli, du pardon, en a ramené beaucoup d'autres.

Le plus triste réveil a suivi l'ivresse de tous.

Quelle désertion du royalisme !

Aucun de ceux qui rentrent oseraient-ils le proclamer encore, après en avoir abandonné les rangs !

L'Europe qui les a détestés, les voit en ce moment et les juge ; et cette patrie qu'ils ont voulu déchirer, est encore la partie du globe où se juge avec moins de sévérité le délire qui causa tant de maux.

Enfin, le Gouvernement qu'aucune terreur ne domine, qu'aucune petite passion n'entraîne, le Gouvernement qui a la conscience de sa force, sortant des

détails, s'élevant à la hauteur qui lui convient, écou-
tant les conseils de la politique et de la justice, vient
de prononcer une mesure générale qui, débarrassant
les listes, des noms dont l'erreur, l'intérêt ou la
méchanceté les avait chargées, permettra de recon-
naître et de marquer enfin les véritables émigrés. Ce
n'est plus goutte à goutte que le Consul laisse tomber
le bienfait ; et après avoir tout prévu pour empê-
cher le mal, il a senti qu'il pouvait audacieusement
le bien. Sa main cicatrise enfin la plaie saignante de
l'émigration.

Elle va donc cesser l'odieuse fiscalité des persé-
cutions de détails ; elle va cesser cette guerre du
Gouvernement contre chaque famille.

Cette grande opération ne peut être exécutée
qu'après le 18 brumaire ; mais elle a été conçue,
arrêtée dans le mois qui le précède : elle appartient
à la grande année que je célèbre, parce que l'épi
qui se balance encore est pourtant déjà la moisson.

Ce n'est également que depuis un an que la liberté
illimitée de conscience a cessé d'être une théorie ;
et cette portion de la liberté naturelle n'est jamais
plus réelle que lorsqu'on cesse d'en parler.

Au moment où le premier Consul fut investi de
la confiance publique, il semblait exister une arène
de gladiateurs dans laquelle un certain nombre de
combattans, distingués par leurs noms encore plus
que par leurs couleurs, se livraient de sanglans com-
bats ; maintenus en scène par le Gouvernement

trop théâtral du Directoire, et lancés l'un sur l'autre pour dispenser les chefs d'agir également sur tous deux, il semblait que la Nation ne fît plus qu'assister à ces luttes scandaleuses ; ainsi, autrefois des champions en champ clos décidaient entre deux armées qui ne formaient plus que des vœux.

Que résultait-il de ce système ! De grands dangers, de grands maux. La Nation, qui ne pouvait être intéressée proprement au triomphe de l'un des partis, et qui eût décidé de tous les triomphes si elle eût arboré une seule des couleurs, la Nation n'était plus, ne semblait plus être l'objet des soins d'un Gouvernement myope, qui embrassait à peine quelques mois d'histoire, et les mouvemens de quelques individus.

La Nation, qui ne pouvait qu'éprouver les froissemens d'une autorité acquise et exercée tour-à-tour, sous le prétexte de l'équilibre, au nom du parti vainqueur, la Nation redoutait cette autorité, s'en détachait, la méprisa bientôt, et la rendit enfin nulle, sans secousse, par le seul effet de sa volonté.

Bonaparte, étranger au passé qu'il doit ignorer, agit sur le présent, et marche à l'avenir.

Fort de l'assentiment national, ouvrage de la gloire et du besoin, il ne doit à aucune faction ni reconnaissance ni haine.

Il ne veut, il ne peut vouloir que le bonheur de tous.

Était-il en effet, pour tous, une chance plus favorable

que celle que présentait son retour , que présente son administration ?

Le plus exclusif patriote ne peut-il pas, aujourd'hui, voir et honorer avec fierté tel enfant du 14 juillet que ses exploits ont lancé au premier rang, et dont le mérite seul a fait l'élévation ?

Peut-il voir sans un secret orgueil la gloire de son pays, dont le repos, comme le repos d'*Hercule*, a dû être l'objet unique et le résultat de ses propres travaux ?

D'un autre côté, l'être le plus entêté des institutions détruites peut-il ne pas sourire à la splendeur d'un nom qui efface tous les noms, à l'entière et franche liberté dont il retrouve la jouissance, et dont il va aussi ressentir les douceurs, à l'espoir consolant de voir fermer les plaies que le froissement révolutionnaire lui a faites ?

Enfin, les malheureux obscurs, les esprits timides, les égarés plus ou moins célèbres, ne trouvent-ils pas leur égide, leur refuge, leur sécurité, dans le système indépendant que le 18 brumaire a créé, dans l'affermissement d'une Constitution qui ne peut être parfaite, mais qui devient l'arche commune ; dans le génie transcendant du pilote heureux qui la mène au port ; dans l'ame haute du héros qu'aucun ressentiment ne peut atteindre , et que sa jeunesse même dégage du passé.

Le défaut d'action , barrière insurmontable contre les efforts des factieux, en détruira jusqu'à la trace.

Que d'hommes, en effet, n'ont su qu'ils avaient

une enseigne que parce qu'une persécution est venue le leur apprendre.

La *fusion*, c'est l'*oubli*. L'oubli est l'ouvrage du temps ; et le Gouvernement qui veut *aider* sa puissance, ne le peut qu'en perdant le premier tout souvenir.

Bientôt, déjà peut-être, cette *négligence* du vieil esprit de parti, devenu inutile, doit fortifier l'esprit public de toute l'énergie de l'esprit particulier.

Celui qui brûle toutes ensemble les productions diverses, même nuisibles, mais vigoureuses et spontanées d'un champ, prépare la plus riche moisson.

Amans de la liberté, c'est pour vous qu'elle se dispose. Un Gouvernement ferme est le point d'appui de la liberté.

Un grand empire ne craint point un grand homme ; et de grandes ames font seules sa force et ses moyens, et l'éclat dont il rayonne est tout national.

En moins d'une année, *Bonaparte* a rouvert tous les canaux de la prospérité publique ; et la victoire, cette fois, a conquis la paix.

Que chacun s'interroge ; qu'il se demande si son sort n'est pas meilleur, ses moyens de développemens plus étendus, ses espérances plus illimitées, sa liberté civile plus entière, sa sécurité plus parfaite ; enfin si le Gouvernement actuel n'a pas déjà pour lui des caractères d'antiquité ?

Bonaparte se montre à l'Europe avec le même cortége dont l'amitié entoura ses premiers pas. Cette circonstance, qui l'honore comme homme, doit lui servir comme gouvernant; et si d'un côté elle explique et confirme la règle de *stabilité* que s'est prescrite le Consul, elle attache, par le plus touchant intérêt, à l'homme d'état dont les précieuses qualités sont toutes de sentiment.

Présent aux détails comme à l'ensemble, *Bonaparte* ne craint pas d'apprendre ce qu'il ignore.

L'avis de l'amitié et de la raison, est reçu par son cœur et par sa raison; peut-être n'est-ce que d'un ennemi qu'il aurait de la peine à en recevoir.

Il aime tous les talens et tous les genres, parce qu'il a la portée de tous; et c'est encore un point sur lequel l'homme fait l'importance et le bienfait de la dignité.

Sans doute l'ordre de choses actuel peut et doit se consolider et s'améliorer encore; mais la Nation doit voir avec toute complaisance les résultats *d'une seule, d'une première année*, et les semences sont partout.

Sans doute les orages ne sont point, pour jamais, bannis de notre atmosphère; mais une surveillance sans relâche les soutire de toutes parts, et prévient les explosions.

Il est de l'essence d'un Gouvernement de *veiller*, de *prévenir* sans cesse; et, comme l'Argus de la fable, il repose et reprend des forces sans fermer à la fois tous ses yeux.

Maintenant, tout ralliement n'est plus qu'un vain

prétexte, et le passé ne présente point de port à ceux qui veulent un retour quelconque.

Sans doute le héros lui-même n'est point exempt d'imperfections ; mais toutes ses attitudes sont vraies et grandes.

Sa vie intérieure est toute morale : il a donné, dans sa sensible épouse, un défenseur à la simple bonté ; et si le Gouvernement actuel permet aux femmes d'en faire modestement valoir les droits, ce Gouvernement, le premier, aura tout fait pour elles et protégé leur véritable empire.

Bonaparte, premier Consul, gardez votre sublime essor. Nous vous suivons dans la carrière ; et c'est pour nous, c'est avec nous que vous avancez.